guerra de
1a. ed

los mundos

La guerra de los mundos

H. G. Wells

Adaptado por: Guadalupe Velázquez

Ediciones MAAN S.A. de C.V.,
Nicolás San Juan 1043,
03100, México, D.F.

1a. edición, julio 2012.

© *War of the Worlds*
H.G. Wells

© 2012, Ediciones MAAN, S.A. de C.V.
Nicolás San Juan 1043, Col. Del Valle
03100 México, D.F.
Tels. 5575-6615, 5575-8701 y 5575-0186
Fax. 5575-6695
ISBN-13: 978-607-720-025-3

© Adaptación: Guadalupe Velázquez
© Formación tipográfica: Marco A. Garibay
© Ilustraciones: Mariano A. Morales T y Kevin Daniels C.
© Diseño de Portada: Karla Silva
Supervisor de producción: Leonardo Figueroa

Miembro de la Cámara Nacional
de la Industria Editorial No 3647

Impreso en México - *Printed in Mexico*

Prólogo

Herbert George Wells nació en Bromley, Reino Unido, en 1866. Su padre fue jugador de croquet profesional y jardinero, y su madre ama de llaves. Su niñez la pasó con grandes carencias económicas, por lo que tuvo que trabajar a la edad de 13 años, en una tienda de telas. Más adelante, trabajó como contador y como periodista. Desde 1895 se dedicó por completo a escribir y publicó más de 80 libros de diferentes temas.

H. G. Wells era un joven muy inteligente y logró obtener una beca para desarrollar sus estudios de ciencia en la Normal School of Science de Londres, en donde destacó. Fue allí donde hizo suya una concepción romántica y utópica de la ciencia que inspiró la mayoría de sus obras y que se caracterizaba en la aptitud del ser humano para controlar y usar racionalmente, en un futuro, los medios materiales de la Tierra en beneficio de la humanidad.

Desde sus primeras novelas logró tener fama, especialmente con *La máquina del tiempo* (1895) y sobre todo *La guerra de los mundos* (1898), la más famosa de ellas, con las que tuvo gran reconocimiento en Inglaterra y le permitió dedicarse únicamente a la literatura. Sus novelas eran esperadas por todos y sus ideas causaban discusiones en los diferentes ámbitos literarios y científicos.

Además de obras literarias, novelas y cuentos, Wells escribió ensayos científicos y de difusión, abarcando diferentes áreas como la biología, antropología, historia, política y filosofía. Siempre se preocupó por defender el progreso de la sociedad contemporánea y esperó un progreso indefinido y una mayor igualdad entre los seres humanos.

H.G. Wells murió en Londres, Inglaterra, en 1946 a los 80 años de edad.

Libro primero
La invasión

1
La víspera de la guerra

Al finalizar el siglo XIX, nadie imaginaba que los humanos fueran observados por seres extraterrestres de elevada inteligencia. Sin saber de ellos, la raza humana transitaba por el planeta, ocupada en sus labores, segura de dominar todo alrededor. Quizás, en su ámbito, bajo el microscopio, los microbios funcionen de manera similar. Así, nadie pensó que mundos más antiguos del espacio, pudieran ser amenazas para la existencia humana. Los terrícolas pensaban que Marte

podría estar habitado por seres
de inteligencia inferior a la suya,
dispuestos a recibir una expedición
desde la Tierra. Mientras tanto, en
el espacio, seres que con relación
a nosotros, son lo que nuestra
inteligencia lo es con relación a
los animales, observaban la Tierra
con deseo de conquista, mientras
planeaban su objetivo.

Marte gira alrededor del Sol
a una distancia media de 225
millones de kilómetros. Recibe
la mitad de la luz y del calor que
nuestro planeta. Es más viejo que la
Tierra y la vida en él debió surgir
desde antes. Posee aire, agua y todo
lo necesario para ello. Hasta fines
del siglo XIX, no hubo quien dijera
que la vida inteligente creciera y
se desarrollara allí. Pocas personas

sabían que Marte es más anciano
que la Tierra, posee menor masa y
traza su órbita a mayor distancia del
Sol, con lo que era lógico pensar
que estaba alejado del punto de
inicio de la vida y mucho más cerca
de su fin. Las condiciones en su
superficie son desconocidas, aunque
se sabe que su mejor temperatura
es como la de nuestros más terribles
inviernos. Su atmósfera es más
ligera que la terrestre y los océanos
se han reducido y no cubren más
de un tercio de la superficie.

En su observación a través del
espacio, equipados de complejos
instrumentos tecnológicos, veían
cerca de ellos a la Tierra. Más
cálida, llena de verde vegetación
y aguas azules, con una atmósfera
fértil y generosa. Los seres que

la habitamos, debemos ser para ellos extraños y míseros como lo son para nosotros los monos y lémures. De allí que supongan que deban conquistar un planeta más cercano al Sol para escapar a la cruel extinción. Antes de juzgarlos, recordemos las destrucciones hechas por nuestra raza, no sólo con animales, sino con grupos humanos considerados inferiores.

Los marcianos calcularon su aterrizaje con extraordinaria exactitud. Sus conocimientos matemáticos eran superiores a los nuestros. De tener aparatos más avanzados hubiéramos detectado signos de próximos disturbios. Algunos científicos observaron a Marte sin lograr interpretar los fenómenos que registraban con precisión. Ese tiempo fue aprovechado por los marcianos para preparar su asalto, contando con la sorpresa a su favor. En 1894 se detectó un gran fulgor en la zona iluminada del disco por distintos astrónomos. Supongo que el fenómeno fue causado por el disparo de un enorme cañón, en un gran agujero cavado en la superficie del planeta, por donde enviaron los proyectiles a la Tierra. Pasaron 6 años desde ese acontecimiento. Cuando Marte se hallaba próximo a la oposición, Lavelle, de Java, hizo vibrar rápidamente los transmisores de las comunicaciones astronómicas anunciando una gran explosión incandescente en el planeta.

Eso fue a medianoche y el espectroscopio indicó la existencia de una masa de gases inflamados, en su mayoría hidrógeno, que avanzaba velozmente hacia la Tierra. En el periódico no se mencionó nada de uno de los más graves peligros que amenazaron a la raza humana. Quizás yo no hubiera sabido nada de la erupción de no ser por Ogilvy, el famoso astrónomo, quien me invitó esa noche a observar al planeta rojo. A pesar de la acelerada sucesión de hechos ocurridos desde entonces, puedo recordar el intenso brillo de Marte a través del lente del telescopio. Avanzando velozmente, venía a la Tierra el objeto que nos traería tantas desgracias. Esa noche hubo otro estallido de gas en la superficie de Marte y Ogilvy suponía que se trataba de una lluvia de meteoritos o bien que era la erupción de un volcán. También me dijo que las posibilidades de vida parecida a la humana en Marte, eran de uno en un millón. El fenómeno se repitió durante 10 noches seguidas.

Respecto a mí, estaba ocupado en una serie de artículos sobre los progresos de la civilización. Una noche, cuando el primer proyectil se encontraba a 15 millones de kilómetros de su impacto en la Tierra, salí de paseo con mi esposa. Era una noche clara y ella advirtió el colorido resplandor del cielo. El mundo estaba en calma.

2
La estrella fugaz

El primer meteoro chocó en la noche. Atravesó el cielo de

Winchester, dejando una línea ardiente hacia el Este. Seguramente la gente pensó que se trataba de una estrella fugaz. Nadie se interesó en ubicar la masa venida del espacio. Por la mañana, Ogilvy, convencido de que el objeto había caído entre Horsell, Ottershaw y Woking, inició una caminata para encontrarlo y lo logró. Estaba en los arenales. El proyectil había abierto un hoyo de gran tamaño y estaba enterrado en la arena. Los campos cercanos estaban incendiados. La parte visible tenía la forma de un enorme cilindro, cubierto por una costra. Tenía entre 25 y 30 metros de diámetro. Ogilvy se acercó a él y era de un extraño color. Era una mañana serena; no soplaba brisa y sólo se oían los leves crujidos del cilindro.

De pronto, al ver que algunas incrustaciones que cubrían el meteorito se desprendían y caían sobre la arena, sintió temor. A pesar del excesivo calor, bajó al foso para ver con detalle al meteoro. El extremo circular giraba lentamente sobre la superficie. ¡El cilindro era una máquina hueca y lo que giraba era una tapa! ¡Y alguien la hacía girar desde adentro! Ogilvy pensó que había hombres dentro y tal vez estarían quemados. Intentó ayudarlos pero no pudo por el intenso calor. Corrió a Woking y trató de explicarle lo sucedido a la gente pero no le creyeron. Se encontró al periodista Henderson, le explicó lo del cilindro y juntos fueron a verlo. No escucharon ruidos y regresaron a pedir ayuda. Henderson telegrafió la noticia a Londres. Leí en el periódico la nota de los "hombres muertos que vinieron de Marte". Me asombré y fui a ver el meteoro.

3
En el Parque de Horsell

Llegué a la campiña y había cerca de 20 personas alrededor del foso. El pasto y la arena mostraban señas de la terrible explosión. Cuando bajé al pozo me pareció sentir un débil movimiento. La tapa había dejado de rotar. El objeto enterrado estaba cubierto de escamas grises y el metal que unía el cilindro con la tapa tenía un tono desconocido en la Tierra. Estuve seguro de que ese objeto había venido de Marte, pero no pensé que en su interior hubiera alguna criatura viviente. A pesar de todo, creía en la posibilidad de vida inteligente en Marte. Imaginé encontrar en el cilindro un manuscrito y las dificultades para traducirlo. Regresé a Maybury a las once, pensando que no sucedería nada.

Por la tarde, el aspecto de la campiña había cambiado. Los periódicos anunciaban: *"¡Mensaje proveniente de Marte!"*. Por otra parte, el telegrama de Ogilvy a la Oficina Central Meteorológica, perturbó a los observatorios de toda Gran Bretaña. Por el camino se veía una muchedumbre caminar hacia los arenales. El calor era asfixiante. No había nubes ni soplaba la más leve brisa. El incendio de los pastos había sido sofocado, pero la llanura entera estaba cubierta de cenizas de las que escapaban pequeñas columnas de humo. Ogilvy, Henderson y un astrónomo llamado Stent, dirigían a algunos obreros con palas y picos hacia el cilindro, que ya se había enfriado. Para poder cavar era necesario mantener alejada a la gente. Ogilvy me dijo que de vez en cuando se oían ruidos dentro del cilindro.

4
El cilindro se abre

Oscurecía cuando regresé a la campiña. La multitud cerca del foso había crecido. De pronto se oyó un forcejeo dentro y oí a Stent que ordenaba a los obreros retroceder. La multitud se abría como las olas y tuve que abrirme paso a codazos. Ogilvy ordenó alejarse pues no sabía

qué pudiera haber dentro del cilindro.
Poco a poco la tapa se fue abriendo.
Todos esperábamos que apareciera
un hombre, diferente a nosotros,
pero hombre al fin. De pronto vi
algo que se movía en la sombra,
parecido a una diminuta serpiente
gris, del grueso de un bastón, y a
ese tentáculo siguió otro y otro. El
lugar se llenó de gritos de pánico y la
muchedumbre retrocedió. Una masa
redonda de color gris, del tamaño de
un oso, salía de él. Dos ojos enormes
me veían fijos; bajo ellos había una
boca sin labios sacando saliva. El
cuerpo se movía y un tentáculo se
pegó al borde del cilindro y otro se
balanceaba en el aire.

Su boca tenía forma de "v" y el
labio superior era puntiagudo; sin
frente y el mentón bajo el labio

inferior; la difícil respiración de
sus pulmones en una atmósfera
demasiado densa para ellos,
y sobre todo la intensidad de
sus enormes ojos, todo eso me
produjo la sensación de estar ante
algo nauseabundo. Desapareció
de pronto y lo oí lanzar un grito
ronco. De inmediato apareció otra
criatura similar. Giré y corrí hacia
los árboles sin dejar de verlos. Vi
al borde del montículo un objeto
negro y esférico que se movía.
Era un chico tratando de salir
del foso; de pronto desapareció.
Quise ayudarlo, pero tuve pánico.
Entonces todo fue invisible,
tanto dentro del foso como en
los montículos de arena. Las
personas formaban un gran círculo,
escondidas en los matorrales o en
las zanjas, mirando el arenal.

5
El rayo ardiente

Me paralicé al ver a los marcianos saliendo del cilindro. La curiosidad y el miedo más intensos aumentaban en mi interior. Busqué algunos puntos donde me pudiera ocultar para observar a aquellos seres. Por un momento, algo parecido a un látigo de largas tiras negras cruzó veloz ante el sol; una especie de tallo elevó una a una sus articulaciones hasta que en el extremo de ellas giró rápidamente un disco de movimiento irregular. La mayoría de la gente estaba desconcertada. En el pozo no había movimiento y la gente fue recobrando su coraje y se movió pausadamente en la campiña hacia el cilindro.

Supe que Ogilvy, Stent y Henderson habían intentado comunicarse con ellos. De pronto vimos una intensa luz y una verdosa y ardiente humareda surgió del foso. La llamarada era tan brillante que el cielo quedó en tinieblas. Al mismo tiempo se oyó un sonido parecido a un silbido. Luego, un objeto curvo surgió del foso lanzando un rayo luminoso silbante e irregular. Cayeron flamas sobre un grupo de hombres, que al contacto con ellas, se incendiaban bruscamente. Me quedé paralizado al verlos morir y al ver los pinos ardiendo por las llamas. Vi al rayo venir hacia mí, pero dominado por el pánico no podía moverme. De pronto se detuvo y pude sobrevivir rodeado por la noche más sombría. Todo se veía triste y

desierto. Las casas del lado de la estación de Woking, ardían. Estaba solo y sin ayuda en medio de la campiña. Sentí miedo y con gran esfuerzo corrí lo más que pude, sin ver atrás, llorando como un niño desamparado.

6
El rayo ardiente en el Camino Chobham

Algunos suponen que los marcianos lograron generar calor intenso en el interior de una cámara aislada. Tal energía la proyectan en un rayo paralelo dirigido a los objetos que deseen. Pero esas hipótesis no fueron demostradas. Lo cierto es que su técnica consiste en un rayo de calor invisible en lugar de luz, que al contacto con él, los objetos se queman, el plomo se derrite como el hielo, el hierro se ablanda, el cristal estalla y el agua se evapora de inmediato. Esa noche, cerca de 40 personas quedaron tendidas alrededor del foso y hasta el otro día la campiña ardió desde Horsell hasta Maybury. La gente de Woking se fue a la campiña para verla arder. Muy temprano ya había alrededor de 300 personas. Junto a ellos 3 policías trataban de contener la muchedumbre para que no se acercaran al cilindro.

Ogilvy y Stent, telegrafiaron a las fuerzas militares para que enviaran soldados a ayudarlos a proteger a los extraterrestres de cualquier violencia, porque intentaban hablar con éstos en forma amistosa. La multitud estuvo a salvo, gracias a

un montículo de arena cubierta
de malezas. Si el espejo parabólico
hubiera estado elevado algunos
metros más, nadie sobreviviría al
calor. Una anciana gritó que venían
los marcianos y eso provocó una
desbandada general, intentando
llegar a Woking. No todos huyeron.

7
Cómo llegué a casa

No supe cómo escapé, sólo
recuerdo los golpes y caídas en mi
apresurada carrera. No podía dar
un paso y caí agotado a un lado
del camino, junto a la fábrica de
gas. Luego de un rato, me senté
sin recordar cómo llegué allí y
todo me parecía un sueño. Subí la
ladera con paso inseguro y atravesé
el puente. En ese instante pasaba

el tren que iba a Londres, con las ventanas iluminadas y todo se veía muy familiar. ¡Y lo que dejé detrás de mí era aterrador y fantástico! Me sentía en algún lugar lejano, fuera del tiempo y del espacio. Me acerqué a la fábrica y pregunté a los empleados si habían oído de los marcianos. Se burlaron de mí y me sentí ridículo y humillado. Les grité que pronto lo sabrían y me alejé de ellos.

Tenía un aspecto tan salvaje que al verme mi esposa se alarmó. Le conté todo lo que vi. Traté de tranquilizarla diciendo que los marcianos eran torpes y no podían salir del foso. Intenté darle y darme valor y le dije que según Ogilvy ellos no se podrían adaptar a la Tierra, pues su cuerpo pesaría

como el plomo. En mi errónea
reflexión, desprecié las capacidades
de los invasores. Luego de comer
y serenar a mi esposa, me volvió
el valor sin ser consciente de ese
error y confiando en que estábamos
a salvo. No sabía que esa sería la
última comida civilizada en varios
días que serían largos, extraños y
terribles.

8
Viernes por la noche

Ese día pocos estaban conmovidos
por la llegada de los marcianos.
Aun cuando muchos oyeran hablar
del cilindro, no les produjo el
trastorno esperado. La actividad
era la de todos los días: trabajar,
comer, beber y dormir; como si en
el espacio no existiera Marte. En

la estación de Woking, los gritos
con la noticia de "El arribo a la
Tierra de habitantes de Marte",
se confundía con el sonido de las
locomotoras. La vida seguía como
lo hiciera siempre en el mundo,
ignorante de lo que sucedía. Toda
la noche los marcianos trabajaron
arreglando su maquinaria. De vez
en cuando se elevaba una bocanada
de humo verdoso al cielo. Un
batallón de Infantería atravesó
Horsell y se colocó en las orillas de
la campiña. Luego, otro que llegó
de Chobham ocupó el ala Norte y
varios oficiales fueron a explorar el
lugar. A medianoche un escuadrón
de soldados, dos ametralladoras y
400 hombres del regimiento de
Cardigan, salían de Aldershot hacia
el foso. Después, vieron caer una
brillante estrella sobre un bosque

de pinos. ¡El segundo cilindro había tocado Tierra!

9
Comienza la lucha

El sábado me levanté temprano y todo estaba tranquilo. Decidí no trabajar y bajé a la campiña. En el puente del ferrocarril había un grupo de soldados. Dijeron que no podía pasar y desconocían la razón de que enviaran tropas a este lugar. Les hablé de los marcianos y les describí el Rayo Ardiente. Fui a la estación a buscar todos los periódicos. Los oficiales se mostraban misteriosos y preocupados, pero la gente del pueblo estaba tranquila al ver a los militares. Luego volví por los periódicos de la tarde pues los

matutinos tenían inexactitudes
sobre la muerte de Stent,
Henderson y Ogilvy.

No sabíamos qué hacían los
marcianos, sólo se oía el martilleo y
se veía mucho humo; se preparaban
para la batalla. Cerca de las 3,
sonaron cañonazos en dirección a
Chertsey o Addlestone. A las 6, mi
esposa y yo oímos una detonación
que venía de la campiña y luego
otras.

Cerca de nosotros un violento
ruido vibró en el suelo. Corrí al
jardín y vi las copas de los árboles
en llamas y el campanario de la
capilla que se caía al suelo. Una
chimenea de mi casa crujió y
voló hecha astillas. Comprendí
que estábamos cerca de los

marcianos. Llevé a mi esposa a la carretera. Le dije que se refugiaría en Leatherhead donde vivían mis primos. Corrí al hotel del "Perro Manchado", para alquilarle al hotelero un caballo y un carruaje de dos ruedas; prometí regresarlo esa noche.

Luego entré a mi casa para empacar algunos objetos de valor. Un soldado iba casa por casa advirtiendo del peligro y urgiendo a la gente a que huyera porque los marcianos salían del pozo. Llegué con mi esposa, tomé las riendas del caballo y fuimos veloces por la barranca rumbo a Old Woking. Vi densas columnas de humo, junto con lenguas de fuego, que se movían en el aire. La carretera era un hervidero de gente que corría junto a nosotros. A lo lejos se oían los cañonazos y los disparos de los fusiles. Di un latigazo al caballo que corrió hasta que Woking y Send quedaron entre nosotros y el campo de batalla.

10
En la tormenta

Leatherhead se encuentra a 20 kilómetros de Maybury y llegamos cerca de las 9 de la noche. Fui a ver a mis primos para cenar con ellos y confiarles a mi esposa. Ella permaneció en silencio como si presintiera algo malo. Aunque intenté tranquilizarla diciéndole que los marcianos no podían salir del foso. Estaba pálida y aturdida, y me sentí deprimido por sus temores. No deseaba regresar el coche a Maybury pero sentí un fuerte deseo de ver el aniquilamiento de los marcianos.

Una terrible tempestad venía hacia mí y el pueblo no mostraba señales de vida. Vi las nubes abrirse por llamaradas verdes: ¡Caía el tercer proyectil! Bajé veloz la pendiente de la colina y se desató la tempestad con un fino granizo. Llamó mi atención un enorme objeto que venía hacia mí: un gigantesco trípode de metal brillante, con cables de acero articulados, colgados de los lados y haciendo un ruido espantoso, aplastaba los árboles. Después apareció otro trípode. Tiré bruscamente del caballo y el coche voló sobre la bestia y me arrojó en una zanja con agua. Salí rápido y me refugié en la maleza. El caballo estaba muerto. La enorme máquina dio grandes zancadas para dirigirse a Pyrford. Vi cómo escapaban bocanadas de humo verdoso cuando pasó a mi lado y lanzó un ensordecedor aullido: "¡Alú! ¡Alú!... Ese era el tercero de los 10 cilindros que lanzaron desde Marte. Me refugié en un declive del terreno y logré llegar hasta el bosque sin ser visto por ellos.

Intenté llegar a mi casa. El bosque estaba oscuro y el granizo caía fuertemente. Estaba confundido, además de golpeado, deprimido, empapado y enceguecido por la tormenta. Subí a la colina con mucha dificultad y en lo alto tropecé con un cadáver; era el dueño del "Perro Manchado", al

que le alquilé el coche. Seguí mi
camino para ir a casa. Gracias a los
relámpagos descubrí en pie las casas
de alrededor. Al llegar a la mía, abrí
y volví a cerrar la puerta con doble
llave. Recordaba el rápido paso
de los monstruos metálicos y la
imagen del cadáver. Me acurruqué
al pie de la escalera, de espaldas a la
pared, tiritando de frío.

11
Mirando desde la ventana

Me levanté, bebí un trago de
whisky y me cambié de ropa. Subí
a mi estudio y vi por la ventana la
vía del tren. La habitación estaba a
oscuras. La tormenta disminuía y
una columna de humo atravesaba
la ventana, ocultando la silueta de

los marcianos. No distinguía lo que hacían, ni sus formas, ni identificaba las herramientas que usaban sin parar. Un olor agrio y resinoso impregnaba la atmósfera. En un extremo vi las casas situadas más allá de la estación de Woking y, en el otro, los bosques carbonizados cerca de Byfleet. La mayoría de las casas y los caminos, estaban en ruinas.

Vi contra la claridad de la estación de Woking un número de formas negras cruzando rápidamente la línea. Un instante después entendí qué relación ligaba a estos colosos mecánicos a los seres insolentes y macizos que emergieron del interior del cilindro. Dominado por una extraña y fría curiosidad, observé las canteras y las 3 enormes siluetas que se movían en medio de las llamas. Me pregunté qué podrían ser y si había algún marciano controlando y dirigiendo cada paso. Fue entonces cuando entró un soldado al jardín. Me asomé por la ventana y vi que avanzaba agachado y con precaución; deseaba ocultarse y estaba desesperado; le dije que entrara a mi casa.

Me contó que habían barrido con ellos de un solo golpe. Le di algo de beber y de pronto se puso a llorar como un niño. Se calmó y dijo que tenía a su cargo una pieza de artillería y el combate era nutrido en la campiña. Una primera tropa de marcianos avanzó lento, protegida tras un escudo metálico. Después el escudo se elevó sobre sus patas. Gracias a que

su caballo tropezó con un hoyo y
lo lanzó a un pozo, se salvó, porque
la máquina había arrasado con
todos en unos minutos. No había
comido y le di un poco de pan y
cordero. No encendimos luces para
no llamar la atención. Subimos
a tientas hasta mi estudio y vi lo
sucedido. En una noche, el rayo
marciano había arrasado el valle
convirtiéndolo en ruinas.

12
Lo que vi de la destrucción de Weybridge y Shepperton

Al amanecer, el soldado dijo que
mi casa no era segura. Él quería
llegar a Londres para reincorporarse
a su batallón. Yo planeaba ir por
mi esposa para luego abandonar

juntos el país. Sin embargo, el
tercer cilindro, con sus enormes
guardianes, se interponía entre
nosotros y Leatherhead y el soldado
dijo que sería inútil pasar. Nos
ocultaríamos en el bosque para ir al
Norte, antes de seguir nuestra ruta.
Salimos de la casa con provisiones
y corrimos por el camino. Había
objetos que la gente había tirado
al huir. Salvo él y yo, no parecía
haber quedado un solo ser vivo
en Maybury. Luego entramos en
el bosque al pie de la colina y
llegamos a la vía del tren, sin hallar
a nadie.

Esa mañana no soplaba el viento
y reinaba una rara calma. Hablamos
en voz baja y nos detuvimos un par
de veces para escuchar. Más tarde
encontramos el camino y oímos

un ruido de caballos. Vimos a 3 soldados que avanzaban lentamente hacia Woking. Cargaban un instrumento llamado heliógrafo. Mi compañero les contó lo sucedido a su batallón y les advirtió que cerca de allí estaban los marcianos. No le creyeron y dijeron que eso era una fantasía. Ordenaron a mi compañero que narrara todo al general de brigada Marvin en Weybridge. Vimos en medio de la pradera 6 enormes cañones apuntando hacia Woking y en la entrada del puente había varios soldados levantando una barricada.

En Byfleet había camiones de la alcaldía y otros vehículos para llevar a la gente con sus pertenencias. Patrullas de Granaderos invitaban a la gente a irse cuanto antes o

a buscar refugio en los sótanos
cuando comenzara el cañoneo. En
el puente del ferrocarril vimos una
multitud reunida en los andenes
con numerosos baúles y bultos.
Después supe que se había desatado
una lucha feroz para intentar
acceder a trenes especiales que se
organizaron más tarde. Llegamos
donde el río Wey se une al río
Támesis y vimos una gran cantidad
de barcas de alquiler y una balsa,
insuficientes para transportar a
todos.

La batalla comenzó y los soldados
ocultos tras los árboles, dispararon
en forma regular. El suelo tembló y
una terrible explosión se expandió
a través de la atmósfera rompiendo
los vidrios de las casas. Una tras otra
aparecieron 4 máquinas marcianas

a través de los prados que iban
hasta Chertsey y enfilaban hacia el
río. Después apareció una quinta
máquina. La más lejana se veía
como una enorme caja, que lanzó
el mortífero Rayo Ardiente en
dirección a Chertsey y la arrasó en
segundos. La muchedumbre fue
presa del terror. Luego hubo un
gran silencio. Pensé en el Rayo.
Era conveniente sumergirse en
el agua y les grité a todos que se
lanzaran. Entré al agua avanzando
en la dirección del marciano que
se acercaba y algunos hombres
hicieron lo mismo. Bajo mis pies las
piedras eran fangosas y resbaladizas
y caminé un largo trecho antes que
el agua llegara a mi cintura.

Más tarde, el marciano había
alcanzado el río y con un solo paso

quedó en mitad de la corriente.
En ese momento, a la entrada
de la aldea de Shepperton, los
cañones dispararon al unísono. El
monstruo preparaba el estuche
generador del Rayo cuando a
unos pocos metros sobre su cabeza
estalló el primer obús. Lancé
un grito de exclamación y de
alarido. Había olvidado los otros
4 gigantes. Un disparo dio en la
capucha metálica, que estalló en
fragmentos brillantes. La máquina
decapitada se bamboleó, pero
recobró el equilibrio y enfiló veloz
hacia Shepperton. El marciano
que controlaba la máquina, yacía
muerto en su interior y ésta se fue a
estrellar en la torre de la iglesia para
caer al río. Cuando el estuche del
Rayo alcanzó el líquido, éste entró
en ebullición. Un enorme oleaje,

como de lava de barro hirviente
subió la corriente. Se oyeron gritos
por donde el marciano había caído.

Me abrí paso entre la gente,
hasta que vi lo sucedido en el
otro brazo del río. Los botes eran
movidos violentamente por la
brusca marejada. Del resto del
marciano escapaban enormes
chorros de vapor. Los tentáculos se
movían y golpeaban como brazos.
Un abundante torrente de líquido
color rojizo manaba de la máquina
ruidosamente. Me llamó la atención
un penetrante alarido como el que
produce la sirena de una fábrica.
A mis espaldas vi otros marcianos
avanzando con poderosas brazadas
a través del río desde Chertsey. Me
zambullí conteniendo la respiración
y nadando debajo del agua intenté

huir lo más lejos posible. La
temperatura del río aumentaba
cada vez más. Saqué la cabeza para
tomar aire y el vapor impedía ver a
los marcianos. Las enormes figuras
habían pasado junto a mí.

   Dos de las máquinas se inclinaron
sobre los restos de su compañero.
Las otras estaban a unos 200 metros
de allí. Todas movían con violencia
los generadores del Rayo y barrían
con él los alrededores. El alboroto
producido por los marcianos y por
el crujido de las casas que caían
al suelo era general. Me quedé en
el agua a punto de ebullición por
largo rato. De improviso la pálida
luz del Rayo llegó hasta mí. Los
edificios se hundían en la tierra,
destrozados al solo contacto de las
lenguas ardientes. Se agitó en todos

lados quemando a los fugitivos y bajó muy cerca del lugar donde estuve. En ese momento sentí el oleaje de agua hirviendo. Quemado y casi ciego lancé un grito de dolor y avancé como pude hasta la orilla. Caí agotado ante la vista de marcianos. Sólo restaba morir. Apenas recuerdo a 4 de ellos alejarse, llevando a su compañero muerto. Poco a poco comprendí que logré escapar.

13
Cómo me encontré al Vicario

Los marcianos regresaron al parque de Horsell y por llevar los restos de su compañero, olvidaron terminar con una víctima sin importancia como yo. Uno a uno los cilindros cubrían su trayecto interplanetario y cada 24 horas recibían refuerzos. Las autoridades militares y navales al comprobar la potencia del enemigo, se prepararon para la defensa. Antes del anochecer, en cada bosque y aldea, en las colinas de Richmond y de Kingston, se escondían las piezas de artillería. En los 30 kilómetros cuadrados que rodeaban el campamento marciano se movían grupos de avanzada provistos de heliógrafos para advertir a los artilleros la cercanía del enemigo. Los marcianos sabían ahora de nuestras armas, mientras los humanos no se atrevieron a acercarse a los cilindros. Uno de éstos permaneció como centinela, mientras el resto abandonó sus máquinas para trabajar.

Caminé hacia Londres y muy fatigado atravesé la llanura de la devastada Weybridge. Una barca abandonada se movía bajo la corriente; dejé casi toda mi ropa chamuscada y cuando pasó junto a mí la abordé. Así logré alejarme de la catástrofe. Aunque no tenía remos logré avanzar rumbo a Halliford y Walton. Salían nubes de vapor del agua caliente y casi no reconocí la ribera. Halliford estaba desierto y algunas casas estaban quemadas. Dolorido y fatigado me dejé arrastrar a la deriva. Pero volvieron mis temores y empujé la barca. Por fin, vi el puente de Walton y me detuve en la orilla, cayendo inmóvil sobre el pasto. Luego de unas horas me levanté. Caminé sin ver algún ser viviente y me tendí a la sombra de un árbol. Tenía sed y creo que

pronuncié frases incoherentes en
voz alta.

De pronto vi al Vicario sentado
a mi lado y no supe cómo llegó.
Debí haberle parecido un ser
extraño, con mi ropa empapada y la
cara negra de humo. Él habló con
frases inarticuladas, sin prestarme
atención, sus ojos expresaban
su extravío. Me tendió la mano
y preguntó quiénes eran los
marcianos y por qué había sucedido
todo eso. Estalló hablando como
demente. Luego le dije mi punto de
vista sobre la situación. Escuchó en
silencio y el desvarío se apoderó
otra vez de él. Lo tomé del brazo
y le conté del marciano muerto
para tranquilizarlo. Le dije que a lo
lejos acampaban los marcianos y en
Londres se habían cavado trincheras

con armas. Los marcianos pronto
pasarían por aquí y debíamos
continuar.

14
En Londres

Cuando los marcianos atacaron
Woking, mi hermano menor vivía
en Londres. Estudiaba medicina
y no supo de su llegada hasta la
mañana del sábado. Ese día los
periódicos publicaron artículos
sobre Marte y la posibilidad de
vida en otros planetas. Se enteró
que el cilindro cayó cerca de mi
casa y decidió pasar la noche
con nosotros, para ver de cerca
a los marcianos, antes de que los
aniquilaran. El sábado se desató en
Londres un temporal y supo que
como había ocurrido un accidente,

los trenes no llegaban hasta Woking.
No pudieron explicarle porque
no tenían información precisa.
Muy poca gente, excepto algunos
jefes del ferrocarril, vinculaba el
accidente con la presencia marciana.
La mayoría no se enteró de los
marcianos hasta el pánico del lunes
por la mañana. Permanecía la idea
de que debían ser torpes y lentos.
Mi hermano leyó las noticias y
lo alarmaron. Fue a la estación
de Waterloo y supo que se había
interrumpido el servicio hacia
Windsor y Chertsey.

El servicio de trenes estaba en
desorden y la gente se apiñaba
esperando alguno. Un viajero
informó a mi hermano que una
multitud atravesaba Kingston, en
coches y vehículos llenos de baúles

y bultos. La policía despejó los andenes y él se encontró de nuevo en la calle. Se convenció que los marcianos no eran tan solo unas pequeñas y soberbias criaturas, sino que poseían inteligencia, conducían complejos aparatos, se desplazaban con gran rapidez y no los detenían los cañones. En el periódico leyó la descripción de las monstruosas máquinas. Las baterías se habían camuflado en los alrededores, entre Woking y Londres. Avanzaron 5 máquinas marcianas hacia el Támesis y una de ellas fue dañada por el fuego de la artillería. Los marcianos no eran indestructibles y se habían replegado en los cilindros, alrededor de Woking. Los cañones eran transportados a marchas forzadas para defender Londres. La situación era insólita y grave, pero se pedía a

la gente mantenerse en calma. Sin duda la maquinaria marciana era temible pero se trataba de pocos contra millones de humanos.

Mi hermano se dirigió a la estación Victoria y se topó con unos refugiados a los que observó para saber si yo era uno de ellos y no pudo obtener noticias de Woking. Sólo un hombre le aseguró que el pueblo había sido arrasado la noche anterior. Por entonces ya la muchedumbre había comenzado a expresar su enojo hacia las autoridades, considerándolas ineficaces para evitar a los invasores. A las 8 se oyó un cañoneo. Mi hermano regresó a su casa preocupado por no saber de nosotros e inquieto por la dimensión de la catástrofe.

A medianoche unos relámpagos iluminaron el cielo. Sin poder estar quieto, mi hermano salió de nuevo a la calle. Regresó a casa y durmió hasta que lo despertaron los golpes violentos de la puerta. Oyó pasos presurosos en la calle y redobles de tambor que lo sacaron de las pesadillas que lo atormentaban. Corrió a la ventana y oyó a un policía gritar que los marcianos se acercaban, llamando en cada casa. De los cuarteles vino un sonido de clarines y tambores, y las campanas de las iglesias no dejaban de sonar. Luego, los voceadores aparecieron gritando que Londres estaba en peligro. Eran cada vez más los que huían a pie o en vehículos. El terror descontrolado y unánime era inevitable. Mi hermano leyó un boletín del comandante anunciando

la catástrofe. Toda la población
de una ciudad de 6 millones de
habitantes, se movía como un
enorme cuerpo desarticulado,
escapando en masa hacia el Norte.
Corrió a su cuarto, recogió todo su
dinero y salió a la calle de prisa.

15
Lo que pasó en Surrey

Cuando el Vicario, fuera de sí
hablaba incoherencias, mi hermano
observaba la llegada incesante
de los fugitivos por el puente de
Westminster y los marcianos
reiniciaban su ofensiva. El
contingente marciano permaneció
en los alrededores de las canteras
de Horsell hasta las 9 de la noche,
trabajando a toda marcha y
generando densas nubes de humo

verdoso. Tres de ellos partieron y avanzaron lenta y cautelosamente, a la vista de las baterías, listas para la batalla. Avanzaban separados pero en coordinación, por medio de silbidos semejantes a las sirenas de los navíos. Dichos sonidos y el cañoneo fue lo que oímos desde Halliford. Los artilleros de Ripley, en una posición muy riesgosa, dispararon muy pronto y entraron en desbandada a través de la desierta aldea.

El marciano pasó entre los cañones sin usar el Rayo y alcanzó las baterías de Painshill Park y las destrozó sin esfuerzo. Las tropas de St. George's Hill eran más eficaces; escondidos en un bosque de pinos, abrieron fuego con gran alcance hacia la máquina marciana que se desplomó enseguida. El vencido lanzó un largo silbido al que respondió de inmediato otra máquina. Otro trípode pasó sobre el marciano caído mientras sus compañeros enfocaban el Rayo sobre la batería. Sólo uno de los artilleros logró escapar. El caído se deslizó con dificultad fuera de la coraza metálica que lo protegía. Era un pequeño ser de color oscuro que se veía como una mancha de herrumbre, que se puso a reparar la máquina.

A los 3 marcianos se sumaron otros 4, llevando un gran tubo negro. A cada uno de los 3 les dieron uno similar, y todos se ubicaron a la misma distancia, formando una curva al Sudoeste de Ripley. Cuatro de las máquinas de combate atravesaron el río, y dos de ellas aparecieron ante nosotros cuando caminábamos, exhaustos, hacia la ruta que va al Norte. Al verlos, el Vicario dio un grito apagado y echó a correr. Yo me arrojé a un lado del camino para que no me vieran y me deslicé hasta llegar al fondo de una zanja. El vicario se unió a mi carrera y desde nuestra perspectiva, los marcianos parecían dominar la tenebrosa noche. Pero en todos los puntos de la línea de ataque, los cañones aguardaban pacientemente en Staines, en Hounslow, en Ditton, en Esher y en Ockam.

Me preguntaba qué imaginaban los marcianos acerca de nosotros. ¿Sabrían que se enfrentaban a millonès de seres organizados y

disciplinados? Me tranquilizaba
saber la magnitud de las fuerzas
que esperaban a los marcianos,
en Londres. Tras la larga espera,
agazapados en el foso, oímos el
estruendo de una detonación.
Después otro y otro más cercano.
El marciano más próximo tomó
el tubo y lo descargó como un
cañón. Un ruido sordo hizo
temblar el suelo. Me asomé y un
proyectil pasó sobre mi cabeza.
No hubo una respuesta, estallido
ni explosión. Sólo silencio. Oímos
un tumulto repentino que cesó
al instante. Vi que el marciano
se dirigía veloz hacia la derecha,
rodeando el río.

Trepamos más arriba. Una forma
oscura se veía hacia Sumbury; una
colina cónica se había alzado de

pronto. En la otra orilla vimos algo similar. Al Norte, una nube negra se elevaba también. Hacia el Sudoeste se oía el llamado de los marcianos con sus sirenas; luego hubo nuevas y lejanas explosiones de sus tubos que conmovían la atmósfera. La artillería de tierra no respondía y hubo un silencio de muerte.

Cada marciano operaba como explorador y obedeciendo a una señal, descargaba un enorme obús sobre los árboles, las casas o cualquier escondite de cañones que se hallara ante él. Al contacto con el suelo se rompían sin estallar, liberando una gran cantidad de gas negro, formando una nube oscura en forma de colina. Contactar el vapor u olerlo ocasionaba la muerte a toda forma de vida.

Era un gas que en lugar de
evaporarse y subir a la atmósfera,
se diluía en las capas inferiores
cayendo en forma más líquida
que gaseosa y penetraba en fosos,
en valles, a todo lo largo de las
corrientes de agua. En los lugares
donde entraba en contacto con
el agua, originaba algún tipo de
reacción química. La superficie se
cubría de inmediato de una hez de
polvo que se hundía lentamente.
El vapor se desplazaba en nubes
compactas casi como algo sólido,
y bajaba lentamente por las laderas
resistiendo el empuje del viento. El
humo negro se compactaba a nivel
del suelo, antes de su conversión
en polvo; por tal razón, en techos
y pisos más elevados de casas y
en los árboles más altos, se podía
evitar su efecto mortal. Tan pronto

como había cumplido su fin, los marcianos barrían sus restos de la atmósfera usando chorros de agua.

Desde la ventana de una casa vacía adonde nos refugiamos, veíamos los reflectores rastreando hacia todas las áreas. Los cañones lanzaban sus proyectiles contra los marcianos. El cuarto cilindro impactó en Bushey Park y se oyó un intenso y lejano cañoneo hacia el Sudoeste. De esta manera, los marcianos extendieron su mortal vapor por toda la región y avanzaron hacia Londres. Durante la noche operaron sus tubos de muerte.

En todo lugar en que suponían que había cañones ocultos, enviaban un proyectil con el vapor mortífero y cuando las baterías eran visibles las hacían volar con el Rayo. A medianoche los árboles en llamas de los cerros de Richmond Park y los incendios de Kingston Hill, dejaron ver una masa de humo negro cubriendo el valle del Támesis.

Luego, dos marcianos derramaban chorros de vapor para limpiarlos. Tras eso, no hubo tropa que se atreviera a enfrentarlos y algunos huyeron rumbo al mar. Como única operación, aquella noche se prepararon minas y fosos. Antes del amanecer, el gas se derramó por las calles de Richmond, y en un último esfuerzo, el gobierno advirtió a los habitantes de Londres que era necesario escapar de allí.

16
El éxodo de los londinenses

Grupos de personas huían hacia las grandes estaciones de tren. A las 10 de la mañana, la policía estaba desbordada y en total desorden. Hacia el mediodía, la administración de las líneas ferroviarias totalmente trastornadas, perdió toda capacidad y eficacia. Las líneas del Norte del Támesis y la red Sudeste albergaban una multitud desesperada por encontrar un lugar en los vagones. Los maquinistas se negaron a regresar los trenes a Londres. El empuje de la asustada muchedumbre arrastró a todos en tropel, cada vez más numeroso, lejos de las estaciones y a las carreteras que iban al Norte.

A mediodía se detectó una máquina marciana en Barnes. Una nube de vapor negro seguía el curso del Támesis e invadía las praderas de Lambeth, cerrando la posibilidad de retirada a través de los puentes. Otra cayó sobre Ealing. Mi hermano salió por el camino de Chalk Farm, avanzando entre un gran número de vehículos y con la suerte de pasar por una tienda de bicicletas, en el momento en que era saqueada. Tomó una de ellas a través de los cristales rotos y logró huir con pocos rasguños del caos general. Cerca de Edgware, una de las ruedas se dañó y avanzó a pie hasta el pueblo, donde llegó a las 7, cansado y hambriento. En la calle principal, la gente se reunía para ver la larga procesión de fugitivos. Mi hermano consiguió alimentos en

una hostería y permaneció allí sin
saber qué hacer.

Él deseaba ir a Chelmsford, donde
vivían unos amigos. Por el camino
se encontró con dos mujeres en
peligro que, desde entonces, serían
sus compañeras de viaje. Oyó
que gritaban porque 3 hombres
intentaban quitarles su carricoche.
Una de ellas, sólo gritaba; mientras
la otra, azotaba con el látigo al
que intentaba asirla por el brazo.
Mi hermano se lanzó contra él,
y como era un experto boxeador
tumbó a su adversario. Luego fue
sobre el que sujetaba a la joven
y oyó un ruido de cascos, y un
latigazo le dio en el rostro, cuando
el hombre escapaba. Aturdido vio
a otro parado frente a él, mientras
el coche se alejaba. Su adversario le

tiró un golpe en el rostro y corrió tras el coche. Mi hermano lo siguió pero se resbaló y al levantarse vio ante él a los asaltantes. No los hubiera vencido si la mujer no acude en su ayuda con un revólver. Los ladrones se alejaron y mi hermano y ella subieron al coche. Así, inesperadamente, se encontró exhausto y maltrecho, sobre un vehículo con rumbo desconocido. Supo que una de ellas era esposa y la otra hermana de un médico de Stanmore, quien las envió a Edgware para que abordaran algún tren. Prometió alcanzarlas pronto y aún no había aparecido. Mi hermano decidió estar con ellas hasta que decidieran qué harían o hasta la llegada del médico. Acamparon y él les contó sobre los marcianos.

Pasaron viajeros y les dijeron que huyeran pronto de allí. Ellas tenían dinero para abordar un tren, en St. Albans o en New Barnet, y mi hermano comentó que eso no sería posible porque los londinenses habían asaltado los trenes y era mejor atravesar Essex, para salir del país. La señora quiso esperar a su esposo, pero su cuñada aprobó el plan de mi hermano y se dirigieron hacia Barnet, para atravesar la carretera del Norte. Encontraron fugitivos en su camino, agotados, sucios y hambrientos. Había confusión y caos. Los coches se apretujaban, dejando poco paso para los peatones. Sin embargo, ningún fugitivo se detenía. Se alejaron en la dirección que habían venido. Urgía atravesar el torrente de fugitivos; él saltó junto a la joven y tomó las riendas. Llegaron un kilómetro fuera del pueblo hacia el Este. Desde lo alto de la colina, vieron dos trenes atestados de gente, que avanzaban al Norte. Descansaron allí el resto de la tarde. Al anochecer, vieron pasar una muchedumbre huyendo hacía el lugar de donde ellos venían.

17
La valentía del "hijo del trueno"

Si los marcianos hubieran pensado sólo en destruir, podían aniquilar a la población entera de Londres, en el momento en que huía a los condados cercanos. Los caminos estaban surcados por multitudes de desesperados fugitivos, aterrados y extenuados. Nunca en la

historia de la humanidad se había
movilizado ni habían sufrido esos
horrores tal número de hombres.
Era el principio del fin de la
civilización, el aniquilamiento de
la especie humana. Tras los montes
del Sur del río, las brillantes
máquinas marcianas circulaban por
todos lados, lanzando sus nubes
tóxicas. Volaron cuanto polvorín
encontraron en su camino; cortaron
líneas telegráficas y en muchos
lugares destruyeron vías férreas.
El puerto de Londres presentaba
un espectáculo dantesco. Era un
lugar de confusión, choques y
encarnizadas batallas. Después se
vio un marciano detrás de la Torre
del Reloj. El sexto cilindro cayó
sobre Wimbledon y mi hermano
vio la estela verde sobre las colinas.

El martes siguieron por el campo en dirección a Colchester, para embarcarse. Para entonces sabían que los marcianos se habían apoderado de Londres. Mi hermano sólo los vio al día siguiente. A medida que el hambre crecía, la multitud invadían las propiedades. Los granjeros defendían con armas sus cosechas, establos y graneros. Supieron que la mitad de los miembros del gobierno se reunieron y habían juntado grandes cantidades de explosivos para tender una hilera de minas en los condados del centro. Durante todo el día, los 3 continuaron la marcha hacia el Este. Aquella noche impactó la séptima estrella y la chica fue quien observó el fenómeno por estar de guardia. El miércoles llegaron a Chelmsford

y un comité del pueblo confiscó el
caballo, como provisión.

En las torres de las iglesias había
guardias que vigilaban la llegada de
los marcianos. Mi hermano optó
por seguir hacia la costa,
antes de esperar la improbable
llegada de los alimentos a pesar de
que el hambre los atormentaba.
Más allá encontraron una salida al
mar y una sorprendente multitud
de embarcaciones de todo tipo. Sin
poder ascender por el río Támesis,
los buques se dirigieron a la costa
del condado de Essex, a Harwich,
Walton, Clacton y luego a Foulness
y Shoebury para embarcar gente.
En la orilla se agitaba un grupo
de buques pesqueros ingleses,
escoceses, franceses, holandeses,
suecos; lanchas de vapor, yates,

buques de motor eléctrico,
transportes de ganado, de petróleo,
cargueros, trasatlánticos y otros
muchos, que regateaban con la
gente en la playa.

Mar adentro estaba el acorazado
"Hijo del Trueno", único navío
de guerra visible. A lo lejos se
veían otros navíos listos para entrar
en acción. La esposa del médico,
ante la vista del mar, se desesperó.
Nunca había salido de Inglaterra
y prefería la muerte antes de vivir
sola y sin amigos en el extranjero.
Durante los dos últimos días se veía
cada vez más nerviosa y deseaba
volver a Stanmore con su esposo.
La convencieron que bajara a la
playa, donde mi hermano con
mucho trabajo, atrajo la atención de
un vaporcito que salía del Támesis

hacia Ostende, donde pagaron una gran suma por el pasaje.

La nave transportaba 40 pasajeros y el capitán esperó para subir a más, hasta que se escuchó un cañoneo en dirección Sur. La atención de mi hermano se dirigía a los disparos lejanos y creyó ver una columna de humo subiendo entre la niebla. El vapor se dirigía a toda velocidad hacia el Este del grupo de embarcaciones, cuando apareció una máquina marciana que parecía venir de Foulness. Por primera vez mi hermano estaba viendo un marciano. Con más asombro que miedo, siguió la trayectoria del titán que se lanzó en persecución de los navíos, hundiéndose más y más en las aguas a medida que aquellas se alejaban de la costa a todo vapor.

Más allá apareció otro de ellos y luego un tercero. Avanzaban hacia el mar como si quisieran cortar la retirada de las naves que huían.

Fascinado por ese espectáculo y el peligro que venía, mi hermano no vio lo que sucedió en altamar. Un viraje brusco que hizo el vapor, ante el paso de una embarcación, lo arrojó del banco en que estaba parado. Todo eran gritos a su alrededor. El buque se balanceaba violentamente lanzando olas de espumas sobre el vaporcito, levantándolo. Mi hermano quedó cegado por la espuma. Al abrir los ojos, el monstruo había pasado, avanzando veloz hacia la tierra. El "Hijo del Trueno" se lanzaba a toda máquina en auxilio de los buques amenazados. Avanzó a todo vapor sobre los marcianos y éstos parecían no tener claro qué hacer. Hubiera bastado un disparo para que el Rayo Ardiente acabara con él.

La nave avanzó veloz y en poco tiempo estuvo entre el vaporcito y los marcianos. El marciano de adelante arrojó un proyectil que no alcanzó al acorazado. Los marcianos se separaron y retrocedieron hacia la orilla, hasta que uno de ellos levantó el generador del Rayo apuntando en ángulo recto hacia el mar. A su contacto las olas fueron chorros de vapor hirviente. Los cañones del "Hijo del Trueno" dispararon a un ritmo infernal. Avanzaba en línea recta hacia el segundo marciano cuando lo impactó el Rayo. Tras una violenta detonación volaron torres y chimeneas. La violencia de la explosión conmovió al marciano, cuando el buque en llamas, arrastrado por la gran velocidad, le daba de lleno derribándolo como muñeco de cartón. Todos gritaron en el vaporcito que se alejó a toda máquina. Una nube de humo negro tapó al acorazado y al tercer marciano. Al anochecer, el capitán lanzó un grito alzando su brazo hacia la lejanía. Mi hermano vio que algo subía al cielo, rápida y oblicuamente: el objeto chato, ancho y grande, describió una extensa curva que se empequeñeció poco a poco y se hundió desapareciendo en la noche.

Libro segundo

La tierra en poder de los marcianos

1
Escondidos

El Vicario y yo nos ocultamos dos angustiosos y largos días en una casa abandonada para huir del humo negro. Pensaba en mi esposa y sollozaba de rabia por estar separado de ella y atormentado por lo que podía ocurrirle. Me consolaba saber que los marcianos iban hacia Londres, dejando atrás Leatherhead. Me sentía cansado de las quejas del Vicario y decidí alejarme de él y me encerré en la buhardilla para estar solo. Ese día y la mañana siguiente, estuvimos

cercados por el humo. Al mediodía
apareció un marciano barriendo la
atmósfera con un chorro de vapor,
que rompía vidrios y quemó las
manos del Vicario.

Cuando nos asomamos parecía
como si una tormenta de hollín
hubiera asolado la comarca.
Fue raro ver en el río extraños
tonos rojos que se mezclaban
con las manchas negras de las
praderas quemadas. Luego,
seguros de que ya no estábamos
cercados decidí continuar nuestro
camino. El Vicario insistía en
que allí estábamos a salvo. Decidí
abandonarlo y busqué comida y
bebida. Fue cuando él comprendió
mis intenciones y dio un salto
para acompañarme. Cerca de las
5 salimos hacia Sunbury. Por el

camino encontramos cadáveres de
caballos y hombres, y numerosas
carretas volcadas; cubierto todo
de un polvo negro. Llegamos a
Hampton y luego a Twickenham
que no había sufrido ni del Rayo ni
del Humo Negro, y allí permanecía
mucha gente pero nadie me dio
noticias.

Cuando nos acercábamos a
Kew, vimos la parte superior
de una máquina marciana que
apareció sobre las casas. El peligro
nos paralizó y nos refugiamos
en una bodega. La idea de ir a
Leatherhead no me abandonaba
y salí por la noche a la calle y di
con el camino a Kew. El Vicario
me alcanzó corriendo. Eso era una
locura porque los marcianos nos
rodeaban y vi que recogieron a

unos desdichados, introduciéndolos en un gran recipiente metálico. Pensé que los marcianos tenían otro objetivo que el de destruir a la especie humana. Aterrados, corrimos a refugiarnos en una zanja. Más tarde reanudamos silenciosamente la marcha hasta llegar a Sheen donde buscamos en las desiertas casas agua y comida. En una de ellas, encontramos una buena provisión y nos sentamos a comer.

De pronto nos cegó un resplandor verdoso. Hubo un gran ruido de vidrios rotos y el techo cayó sobre nosotros. Fui arrojado contra la puerta del horno y perdí el conocimiento. Quedé aturdido mucho tiempo, según me dijo el Vicario quien me

aplicaba compresas. Él sangraba por una herida en la frente y cuando traté de levantarme me sugirió que permaneciera quieto porque "ellos" estaban afuera. Se oía un intermitente chirrido metálico y esperamos hasta el amanecer, cubiertos por los escombros.

Distinguimos a través de la brecha en la pared a un marciano de guardia, junto al cilindro aún brillante. Retrocedimos hacia el lavadero y comprendí que el quinto cilindro enviado de Marte había caído sobre la casa. Afuera se oía un martilleo metálico y se sentían sacudidas y vibraciones violentas que hacían temblar todo a nuestro alrededor. El resplandor cesó y permanecimos horas en silencio hasta que el sueño nos venció.

Desperté hambriento y a tientas fui a la alacena.

2
Lo que vimos desde las ruinas

Después de comer me quedé dormido y, al despertar, supe que el Vicario estaba del otro lado de la habitación y aún era de día. Intenté ver lo que quedaba de nuestro refugio y a través de una brecha vi los restos de la carretera suburbana. La tierra había caído en las casas, incluida en la que estábamos. El cilindro estaba enterrado en el edificio que visitamos antes, haciendo un enorme agujero en donde cavaban los marcianos. Observé un centelleante mecanismo que accionaba en el fondo de la excavación y al parecer reforzaban las paredes del cilindro. El movimiento de la máquina era veloz, complejo y sincrónico.

Las armas humanas no se comparaban con esa maravilla. La máquina me parecía una criatura semejante a un cangrejo de piel brillosa. Los marcianos tenían un cuerpo esférico con una gran cabeza de más de un metro de diámetro, dotada de una cara sin nariz y con dos enormes ojos de mirada sombría, bajo los cuales se abría un pico cartilaginoso. Detrás de esa cabeza había una superficie casi transparente que funcionaba como oreja, aunque en la atmósfera terrestre tan densa para ellos, debió serles inútil. En torno a la boca, tenían 16 tentáculos delgados, semejantes a látigos, separados en dos grupos de 8 cada uno. La parte central de su estructura, como lo confirmó la disección, era el cerebro. Sus pulmones tenían una compleja estructura y junto a ellos se abría la boca y se hallaban el corazón y vasos.

Carecían de tubo digestivo. En su lugar usaban la sangre fresca de otras criaturas vivientes para inyectarla en sus venas con una minúscula jeringa. Su fisiología se diferenciaba de nosotros en 3 aspectos. No necesitaban dormir. No experimentaban fatiga o era mínima y, su actividad era constante; trabajaban 24 horas al día. Carecían de sexo y durante la batalla, se encontró un pequeño marciano adherido a su progenitor, como un pimpollo. Los microorganismos terrestres, origen de enfermedades y padecimientos, no existían en Marte; tal vez porque el ambiente marciano no permitió su aparición o porque la ciencia marciana los extinguió en el pasado. Cientos de dolencias, fiebres y contagios humanos, tuberculosis, cáncer, tumores y otras patologías, nunca formaron parte de ellos.

Al parecer, el reino vegetal marciano tiene un tinte rojo-sangre. Al menos de las semillas que trajeron ellos, nacieron brotes rojizos. Por cierto tiempo, la Hierba Roja creció con vigor y exuberancia sorprendentes. Pronto cubrió bordes y alrededores del agujero y sus tallos, similares a los cactos, formaron una franja carmín

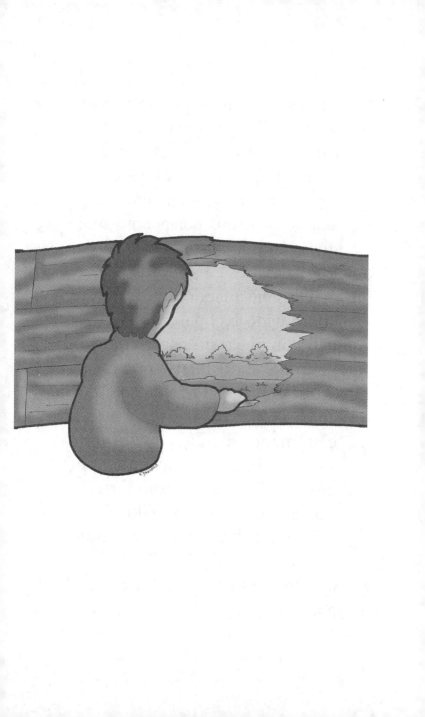

alrededor de nuestra improvisada
ventana. Luego la encontré en
toda la comarca y en las cercanías
donde hubiera una corriente de
agua. Ningún sobreviviente al
ataque tuvo una perspectiva mejor
que la que tuve para observar a
los marcianos en acción. Vi a 6
de ellos ejecutando en un trabajo
coordinado las operaciones
más complejas sin hacer el menor
gesto o sonido. Pienso que ellos
intercambiaban ideas de cerebro a
cerebro. No usaban ropa y no sólo
eran menos sensibles que nosotros
a los cambios de temperatura, sino
que los fenómenos atmosféricos
no parecían afectar su salud. La
máquina había armado un sinfín
de piezas sacadas del cilindro y el
aparato construía una forma similar
a la suya.

3
Los días de encierro

La llegada de una segunda máquina de guerra nos obligó a dejar nuestro observatorio, refugiarnos en el lavadero y permanecer en silencio. A pesar del peligro, atravesábamos rápido la cocina para seguir observándolos. El Vicario y yo pensábamos y actuábamos muy distinto. Me exasperaba y se comportaba sin el menor control de sus emociones. Dormía poco y comía en exceso, sin hacer caso de que pudieran terminarse nuestros víveres. Los siguientes días su negligencia aumentó y tuve que amenazarlo y golpearlo.

Los marcianos habían recibido el refuerzo de los ocupantes de 3 máquinas de combate. Llevaban algunos aparatos desconocidos, dispuestos alrededor del cilindro. Armaron la segunda máquina y manipulaban uno de los aparatos. Era un objeto semejante a los tarros de leche de gran tamaño. Sobre él se movía un recipiente en forma de pera del que manaba un polvo blanco que caía debajo de un tanque circular. La máquina extraía arcilla que arrojaba en el recipiente superior, mientras con otro brazo abría una puerta. De la parte media de la máquina expulsaba residuos ardientes. Otro tentáculo metálico empujaba el polvo hacia un receptor del que salía un humo verde. Luego la máquina fabricó cientos de barras de aluminio que puso al borde del foso.

El Vicario estaba observándolos cuando llegaron los primeros prisioneros humanos al cilindro. Se asustó mucho y yo me acerqué. Era de noche y el agujero estaba iluminado por la luz que emitían las llamas verdes. Escuché el susurro de voces humanas. Vi la máquina de combate y distinguí en una pequeña jaula a un hombre robusto, aterrado. Lo llevaron tras el montículo y después escuché sus gritos desesperados y el gozoso ulular de los marcianos. A pesar de estar horrorizado elaboré un plan de fuga. El Vicario no podía ayudarme pues su razonamiento era como el de un animal. Probablemente los marcianos estarían de paso, por lo que era probable escapar; pero al ver la actividad de la máquina decidí mejor cavar un agujero. Cuando intenté hacerlo, se movió la tierra amontonada y se cayó ruidosamente; abandoné la idea de escapar así. La quinta noche oí repetidamente explosiones como de grandes piezas de artillería. Los marcianos habían llevado la máquina a otro lado, dejando sólo una de combate y una automática, trabajando en un rincón del foso. Luego, se oyeron claramente sordas detonaciones, como de poderosos cañones.

4
La muerte del Vicario

El sexto día volví a observar. El Vicario estaba en el lavadero. Fui a verlo y estaba bebiendo vino. Me enojé con él y lo amenacé.

Dividí las provisiones en raciones de 10 días. Permanecimos todo el día frente a frente, él lloriqueando y quejándose de su hambre. Eso duró más de un día y una noche. Intentaba hacerse de más raciones y comprendí que su estado era el de un demente. Yo también desvariaba a veces y tenía pesadillas. El octavo día él gritaba sin que pudiera calmarlo. Por un momento me asustó pero luego se contuvo y se durmió. De pronto, en medio de gritos corrió a la puerta de la cocina; lo alcancé, lo golpeé y cayó al suelo. Entonces oí un ruido que venía de afuera. Enormes trozos de pared se cayeron y vi a través del agujero, la parte inferior de una máquina automática avanzando. Sus pinzas tanteaban por los escombros. Me escondí en la carbonera.

De pronto vi que el Vicario era arrastrado por el suelo de la cocina hasta pasarlo por la abertura.

Volví a la carbonera, cerré la puerta y amontoné sobre mi cuerpo todo el carbón y los leños. Escuché atento para saber si el marciano había introducido sus tentáculos por la abertura y rogué porque no fueran tan largos para alcanzarme. Luego se alejó y aproveché para cambiar de posición. Lo oí raspar las paredes y chocar contra los muebles. Casi sin respirar, vi que la puerta de la carbonera se cerraba de un empujón. Permanecí todo el día tapado con los leños en medio de las tinieblas, sin tomar ni una gota de agua. Sólo al día siguiente, el undécimo, me animé a salir de mi refugio.

5
El silencio

Fui a la alacena y ya no había comida. No comí ni ese día ni el siguiente. Mi boca y garganta estaban secas y me sentía débil para deslizarme. El decimotercer día bebí un poco de agua y tenía pesadillas sobre la horrible muerte del Vicario. Para el decimocuarto, descubrí en la cocina que los brotes de Hierba Roja, cubrían la abertura del muro, volviendo la claridad del refugio en color escarlata.

En la mañana del decimoquinto día venían de la cocina una serie de ruidos extraños. Vi que un perro comía parte de los tallos rojos y al verme ladró. Pensé en matarlo para

comérmelo, pero escapó. Después oí algunos graznidos y las patas de un perro en la arena; luego silencio. Al fin, animado por esto, me asomé. Una bandada de cuervos se disputaba el resto de los cadáveres que los marcianos habían dejado sin sangre. Miré por todos lados y me sorprendí al no ver ni una sola máquina.

Salí lentamente del refugio, me paré sobre una montaña de escombro y vi que podía llegar al otro lado de las ruinas. No había marcianos. Cuando atravesé la zona, vi que los árboles que seguían en pie eran troncos sin vida, rodeados de plantas rojas. Las casas se habían caído y la Hierba Roja crecía en las habitaciones. Me maravillé de respirar aire puro otra vez.

6
El trabajo de quince días

Durante mi permanencia en el escondite, había perdido la noción de lo que sucedía en el mundo y no esperaba hallar tan terrible espectáculo. Esperaba ver a Sheen en ruinas y ahora contemplaba una comarca semejante al paisaje fantástico de otro planeta. El hambre me urgía tras el largo y terrible ayuno. Del otro lado del foso, detrás de un muro, había una parte del jardín que no habían invadido. Fui hasta allá con gran dificultad, enterrado hasta las rodillas entre la Hierba Roja y descubrí cebollas, gladiolos y zanahorias; recogí todo y salí hacia Kew. Me proponía encontrar un mejor alimento huyendo hasta donde me fuera posible de esa región maldita que nada tenía de terrestre.

En medio de la pradera había una capa de agua poco profunda y fangosa, movida por una débil corriente que alimentaba a la Hierba Roja y la hacía crecer mucho. Las semillas de estas plantas marcianas caían en gran cantidad sobre las aguas del Wey y del Támesis, favoreciendo la rápida germinación, que no tardó en obstruir el curso de los ríos que desbordaban. La Hierba Roja sucumbió más tarde, tan velozmente como había crecido. Una enfermedad infecciosa originada en la acción de ciertas bacterias la atacó y se descompuso rápidamente. Sus tallos se volvieron blanquecinos, frágiles y quebradizos y las aguas los arrastraron hacia el mar. Como el nivel del agua era bajo, crucé sin peligro. Seguí la carretera para ir a Mortlake. Más adelante el paisaje era más familiar y al atardecer, tomé el camino hacia Putney. Por un momento temí que la humanidad hubiera sido exterminada. Pensé que los marcianos se habían ido para destruir Berlín o París, o avanzaban al Norte…

7
El hombre de Putney Hill

Pasé la noche en el mesón de Putney, donde entré por la ventana. Por primera vez desde que dejé Leatherhead, dormí en cama. Encontré panecillos que aplacaron

mi hambre y llené mis bolsillos.
No encendí lámparas para no
alertar a algún marciano. Esa noche
mi cerebro se aclaró y eso me
permitió reflexionar. Pensé en los
marcianos y en el destino de mi
esposa; si había muerto por el Rayo,
ojalá no hubiera sufrido. Recé
implorando a la Divinidad por ella.
Al amanecer me deslicé fuera, era
un día magnífico. Tenía la idea de
ir a Leatherhead. Tal vez mi esposa
había huido, pero quería saber hacia
dónde.

Por el camino sentí que era
observado. Me volví bruscamente
y vi un hombre agazapado con
un cuchillo. Me dijo que allí no
había alimento y todo ese lugar
le pertenecía. Cuando hablé que
deseaba ir a Leatherhead, me tendió

la mano y en ese momento lo reconocí; era el soldado que entró a mi jardín. Se había escondido en una zanja y cuando se fueron los marcianos escapó por campo traviesa. Se admiró al ver que yo ya tenía el cabello canoso y sólo habían pasado dos semanas. Supe que los marcianos se habían ido al otro extremo de Londres y hacía días que no daban señales de vida. Para él, la especie humana había sido derrotada; los marcianos seguían llegando y nada se podía hacer para detenerlos.

Me dijo que nos cazarían como ganado, eligiendo a los mejores como alimento y creando reservas en jaulas y corrales. Las ciudades, las naciones, la civilización, el progreso…, todo había llegado

a su fin. Nos habían derrotado.
Habló que los hombres de su tipo
vivirían para preservar la especie.
Estaba decidido a vivir porque
no podían exterminarnos a todos.
Era necesario que el hombre
se preparara para sobrevivir,
reproducirse y procurarse seguridad
para criar a sus descendientes. Todos
aquellos a los que los marcianos
domesticaran, serían como
animales: engordarían y poseerían
sangre enriquecida y un cerebro de
idiota. Los que fueran libres serían
como ratas salvajes y llevarían una
vida subterránea. Bajo el pavimento
en Londres se extienden kilómetros
de galerías y también hay sótanos,
bóvedas y almacenes subterráneos.
Habló de formar un núcleo de
hombres y mujeres fuertes e
inteligentes donde no entraran

los débiles. Londres sería nuestro distrito y campamento. Sólo así sobreviviría la humanidad.

La imaginación del artillero y su tono seguro me animaron por cierto tiempo. Luego fuimos a la casa de Putney Hill donde tenía su refugio y en uno de los sótanos vi el boquete de 10 metros donde pensaba llegar a una importante galería de cloacas. Le ayudé a cavar toda la mañana y parte de la tarde. Subimos al techo para observar el lugar y no se veían marcianos por ningún lado. Me habló que planeaba apoderarse de una máquina marciana de combate y me contagió su entusiasmo. Preparé la comida y luego salió. Volvió con unos cigarros y quiso jugar a los naipes. Lo dejé y subí

para ver el valle de Londres. Las
llamas enrojecían el cielo y el resto
de la ciudad estaba en tinieblas.
Permanecí en el techo largo rato y
me sentí lleno de remordimientos.
Mi locura llegó a ser monstruosa
y desmesurada. Creí traicionar a
mi esposa y a la especie humana.
Decidí abandonar al artillero e irme
a Londres. Allí sabría qué hacían los
marcianos y la suerte que corríamos
los humanos.

8
Londres muerta

Bajé la cuesta para cruzar el puente
Lambeth. Casi no se podía caminar
por la Hierba Roja que estaba
destruida. Por todas partes había
polvo negro; una calma inquieta
reinaba en las calles y había un

silencio total. Cuanto más avanzaba hacia el centro de Londres, más profundo se hacía el silencio. No temía la muerte. En cualquier momento los invasores se lanzarían sobre aquellas casas convirtiéndolas en ruinas humeantes. Cerca de allí oí un aullido en dos notas: u…i… uuu…iii… El aullido era más intenso y su tono era doloroso.

Me sentí agotado, con los pies doloridos, y atormentado por la sed y el hambre. La soledad se volvió insoportable. Encontré una taberna donde había comida y bebida; luego entré a un salón, me tendí en un sofá y me quedé dormido. Desperté de noche y me proveí de pan y queso; crucé las plazas silenciosas y llegué al fin a Regent's Park. A lo lejos vi la cúpula de una

máquina marciana. El lamento
parecía venir de allí y me turbaba.
Di un largo rodeo hasta ver la
máquina, inmóvil y aullante.
Después vi a un perro con un trozo
de carne en la boca perseguido
por otros animales hambrientos.
Cerca de la estación de Saint-
John's Wood, encontré los restos de
una máquina marciana. Seguí mi
camino y percibí la silueta de otro
marciano, de pie y silencioso, cerca
del zoológico. Más allá mis pies se
enredaron en la Hierba Roja que
cubría las ruinas. Londres debía
tener vida aún.

Me oculté huyendo de la
oscuridad y el silencio. Antes del
amanecer recobré el valor y en lo
alto de la colina de Primrose Hill,
un marciano permanecía erecto

e inmóvil. Me acerqué y una multitud de cuervos revoloteaba alrededor de la máquina. Mi corazón latía con fuerza y eché a correr por el camino. En la colina se había removido grandes porciones de tierra formando un gran reducto; era la más grande y última fortaleza marciana. Miré al interior y había, regados por todos lados, una docena de marcianos… ¡todos muertos! Vencidos por los bacilos terrestres generadores de contagios y putrefacción, contra los que su organismo carecía de defensa. Habían derrotado a los hombres para ser vencidos por esos microscópicos seres. Desde la aparición de la vida en nuestro planeta, debido a la selección natural, nuestra especie desarrolló anticuerpos. Pero en Marte no existen y cuando los invasores probaron alimentos terrestres, las bacterias iniciaron la destrucción.

Cerca de 50 marcianos yacían esparcidos en la enorme fosa. Cuando salió el sol, mi corazón dio un salto. La fosa estaba oscura y una jauría de perros se disputaba los cadáveres. El marciano que emitía gritos y lamentos estaba allí. Tal vez fue el último en morir. Al ver Londres, con sus casas, tiendas, iglesias, silenciosa y abandonada, meditaba sobre las esperanzas y esfuerzos realizados por miles de personas que se necesitaron para construirlo, y que pudo ser destruido definitivamente. Sentí una gran emoción y lloré. El horror había llegado a su fin y ahora sería el tiempo de la reconstrucción. Los que huyeron por el mar regresarían para darle vida a las calles y plazas abandonadas. Pensando en eso, alcé las manos al cielo y di gracias a Dios. Después, pensé en mi esposa.

9
Los escombros

Recuerdo claramente todo lo que hice ese día. Después, no supe lo sucedido en los 3 siguientes. Un hombre logró telegrafiar a París desde donde la noticia recorrió el mundo. Hombres llorando de inmensa alegría, cantaban y lanzaban vivas dirigiéndose hacia Londres. Por el Canal de la Mancha, el mar de Irlanda, el Atlántico, fluía trigo, pan y carne en nuestra ayuda. Vagué por las calles con un acceso momentáneo de locura.

Cuando recobré la razón, me hallé entre buena gente que se había ocupado de mí. Me contaron que Leatherhead había sido aniquilada por un marciano. Aquellas personas fueron gentiles conmigo. Después, sentí deseos de ver, aunque fuera un instante, mi hogar.

El día era hermoso cuando inicié mi triste marcha a Woking. Londres parecía una ciudad de mendigos y vagabundos. En la estación de Waterloo había trenes que llevaban gratis a la gente. Llegué a mi casa y la puerta se abrió lentamente. Todo estaba desierto. Fui a mi escritorio y hallé las hojas con el escrito que interrumpí la tarde que cayó el cilindro, hacía ya un mes. En ese momento oí sorprendido una voz. Me acerqué a la ventana y vi que

estaban, mi esposa y mi primo, asombrados y temerosos. Ella lanzó un grito y yo bajé corriendo para tomarla entre mis brazos.

OTROS TÍTULOS

Alicia en el país de las maravillas

Apaches y comanches

Colmillo blanco

Corazón. Diario de un niño

Diario de Ana Frank

Dr. Jekyll y Mr. Hyde

El corsario negro

El fantasma de Canterville

El hombre invisible

El principito

El retrato de Dorian Gray

El viejo y el mar

Frankenstein

La guerra de los mundos

Colmillo blanco

La isla misteriosa

Las aventuras de Tom Sawyer

Los tres mosqueteros

Mujercitas

Robinson Crusoe

Viaje al centro de la Tierra

Esta edición se imprimió en
IMPRE IMAGEN
José María Morelos y Pavón Mz 5 Lt 1
Ecatepec Edo. de México.
Tels: 3685-5229 * 3685-5227